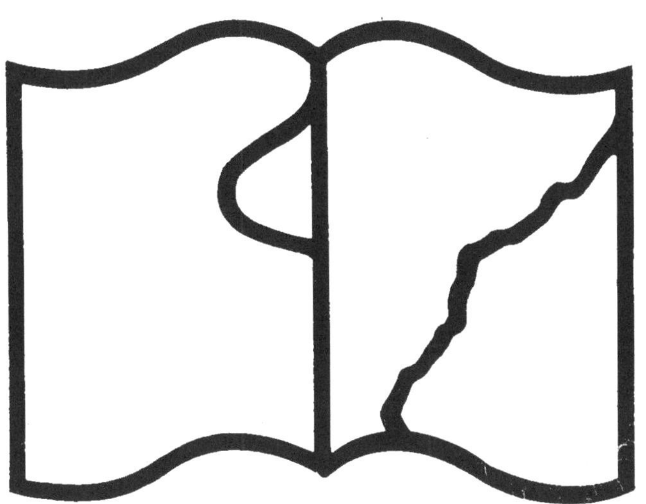

Texte détérioré — reliure défectueuse

NF Z 43-120-11

A
B

DESCRIPTION

DE LA NOUVELLE ÉGLISE

DE

SAINT-VINCENT-DE-PAUL

ACCOMPAGNÉE DE GRAVURES

TIRÉES DU JOURNAL

L'ILLUSTRATION

« In tutto l' arte del fabricare non è cosa alcuna dove bisogni
« avere magiore ingegno, cura, industria et diligenza, chè nel
« porre ed adornare un tempio. »

(LEON BATISTA ALBERTI, lib. VII, chap. III. *Édit. ital.*)

PARIS
AU BUREAU DE L'ILLUSTRATION,
RUE RICHELIEU, 60.

1844

DESCRIPTION

DE LA NOUVELLE ÉGLISE

SAINT-VINCENT-DE-PAUL

ACCOMPAGNÉE DE GRAVURES

EXTRAIT DU JOURNAL

L'ILLUSTRATION

> [illegible] l'arte del laborare non è cosa alcuna dove bisogni
> [illegible] ingegno, arte, industria e diligenza, che nel
> [illegible] ed adornare un tempio.
>
> [illegible] Vasari lib. VII, (Cap. [illegible]) Ediz. [illegible]

PARIS

AU BUREAU DE L'ILLUSTRATION,

RUE RICHELIEU, 60.

1844

DESCRIPTION

DE LA NOUVELLE ÉGLISE

DE

SAINT-VINCENT-DE-PAUL

ACCOMPAGNÉE DE GRAVURES

TIRÉES DU JOURNAL

L'ILLUSTRATION

« In tutto l' arte del fabricare non è cosa alcuna dove bisogni
« avere magiore ingegno, cura, industria et diligenza, che nel
« porre ed adornare un tempio. »

(LEON BATISTA ALBERTI, lib. VII, chap. III. *Édit. ital.*)

PARIS
AU BUREAU DE L'ILLUSTRATION,
RUE RICHELIEU, 60

1844

(6)

Vue de l'Église Saint-Vincent-de-Paul.

DESCRIPTION

DE LA NOUVELLE ÉGLISE

DE SAINT-VINCENT-DE-PAUL.

Cette église a été commencée en mars 1824. Les travaux, interrompus pendant plusieurs années, furent repris avec une grande activité, à partir de 1831. A cette époque, les constructions étaient à peine arrivées au niveau du sol de la nef; aujourd'hui tout l'édifice est achevé, à l'exception des grandes peintures religieuses qui doivent être exécutées à l'extérieur et dans l'intérieur sur les murs mêmes.

Construite sur une hauteur élevée à plus de 8 mètres, ou 25 pieds, au-dessus du sol de la place Lafayette, qui la précède, l'église présente une situation non-seulement des plus avantageuses, comparativement à celle des autres édifices de la capitale, mais encore en la mettant en parallèle avec celle des églises les mieux situées de l'Italie. Cette heureuse position ajoute à la fois à l'importance de ce monument et à la beauté du nouveau quartier qui l'entoure. De vastes rampes, disposées en amphithéâtre, avec des pentes douces, en forme de double fer à cheval, et deux larges escaliers permettent aux piétons et aux voitures d'arriver de la manière la plus commode au parvis de l'église.

La façade, qui a 37 mètres, ou 116 pieds de largeur, est précédée d'un porche de six colonnes de front d'ordre ionique, sur une profondeur de trois encolonnements. Ce porche, auquel on monte par quinze marches, forme avant-corps, et abrite à la fois et les deux entrées latérales et la porte principale. Celle-ci, revêtue de fonte, offre, dans douze niches

entourées d'enroulements formés de fruits et de fleurs, et accompagnées de têtes d'anges, les figures des apôtres; dans la frise de l'imposte, les symboles des quatre évangélistes et le Saint-Esprit, et enfin, au-dessus de l'imposte, entre deux riches compartiments à jour, la figure plus grande du Christ. Ces treize figures ont été fondues sur les beaux plâtres modelés par M. Farochon.

Aux deux côtés du porche, et disposés en arrière-corps, s'élèvent deux clochers. Leur hauteur, à partir du niveau de la place, est d'environ 54 mètres, ou 170 pieds. Un de ces clochers doit recevoir la sonnerie, l'autre l'horloge; mais chacun aura un cadran. Sur le cadran à droite, l'aiguille marquera les heures du jour; sur l'autre, elle indiquera les jours du mois. Au-dessus du fronton du porche, entre les clochers, est une terrasse du haut de laquelle Paris présente un magnifique panorama. Elle est bordée d'un parapet entrecoupé de piédestaux que doivent surmonter les statues des quatre évangélistes. Dans deux niches qui décorent les clochers seront placées les images de saint Pierre et de saint Paul. Le fronton recevra, au centre, la statue de saint Vincent et les figures symboliques de la Charité et de la Foi; entouré des principaux personnages sur lesquels sa parole a agi avec une si grande puissance, le saint sera représenté exhortant aux actions charitables et à la création des établissements de bienfaisance que l'humanité lui doit.

Toutes ces sculptures, déjà en cours d'exécution, sont confiées:

Les évangélistes à MM. Barre, Brian, Foyatier et Valois;

Saint Pierre et saint Paul à M. Ramey;

Et les figures du fronton, toutes sculptées en ronde bosse, comme le furent celles qui décoraient le Parthénon d'Athènes et les plus beaux temples de l'antiquité, à M. Nanteuil.

Les parois du mur du porche sont disposées pour recevoir des laves émaillées, sur lesquelles seront peints les sujets les plus remarquables tirés de la Bible. Le tableau principal, qui doit être placé au-dessus de la grande porte, et qui représentera la Trinité, accompagnée de quatre prophètes et des quatre évangélistes, est confiée aux talents consciencieux de M. Jollivet.

D'autres peintures en émail, qui doivent être distribuées dans les frises, compléteront cette application de la peinture à l'extérieur des édifices; application qui sera unique dans les fastes de l'art, et bien supérieure à celle des peintures en mosaïque, qui ont été le sujet de l'admiration des temps anciens et des temps modernes (1).

Les façades latérales, d'une longueur de 90 mètres, ou 280 pieds, sont décorées de pilastres, entre lesquels se trouvent placées les croisées. La façade postérieure, décorée de même, est de plus surélevée d'un second ordre de pilastres, que couronne un fronton formé par le pignon du comble de la grande nef.

L'intérieur offre quatre rangs de colonnes distribuées deux par deux, de droite et de gauche. Ils divisent toute la largeur du monument en cinq parties, dont la partie centrale présente la nef; les deux divisions intermédiaires, les bas-côtés; et les deux dernières, les chapelles. Celles-ci, au nombre de huit, ne sont séparées que par des grilles à jour (2). Chaque chapelle occupe trois entrecolonnements, dont celui du milieu correspond à une des grandes croisées des façades latérales. Ces croisées forment, par leur décoration, composée de riches pilastres couronnés de frontons sculptés, de beaux autels où les images des saints se trouvent représentées sur des vitraux peints. C'est par ces tableaux transparents, dans lesquels l'élévation du style, le caractère religieux, l'éclat des bordures et l'harmonie des tons se réunissent au plus resplendissant effet des couleurs, que la lumière se répand dans l'église. Ces vitraux, au nombre de neuf, composent, avec le grand vitrail circulaire de la tribune de l'orgue, qui représente saint Vincent de Paul montant au ciel, un travail de la plus haute importance. Comme application de la peinture sur verre à une église moderne, et comme œuvre d'art, et comme exécution matérielle, ce magnifique résultat, certainement le plus parfait de ce genre, fait le plus grand honneur à MM. Maréchal et Gugnon de Metz.

(1) L'invention de la belle peinture en émail sur lave émaillée, due à feu M. Mortelègue, et à la perfection artistique de laquelle M. Hittorff a tant coopéré, est, à cause des moyens qu'elle offre de décorer l'extérieur des édifices par des peintures inaltérables, une des plus belles conquêtes de l'industrie artielle de notre époque. Ce beau procédé continue à être mis en exécution avec un grand succès par M. Hachette, gendre et successeur de M. Mortelègue.

(2) L'origine de la séparation complète des chapelles entre elles remonte à l'usage d'en concéder la jouissance privilégiée à de riches familles. La cessation de cet usage, en rendant ces séparations sans objet, a été une conquête au bénéfice de l'effet général des églises.

A côté de ces peintures sur verre, d'autres peintures sur mur, avec des fonds d'or, représenteront des sujets tirés de la vie des saints auxquels ces chapelles sont dédiées.

Le chœur, qu'un riche appui à jour sépare de la nef, en occupe les trois derniers entre-colonnements. Un double rang de stalles richement sculptées, et dont les dix-huit belles figures de saints et de saintes sont dues au talent distingué de M. Millet, le sépare des bas-côtés. On y monte par trois marches, aux extrémités desquelles s'élèvent deux colonnes symboliques destinées à recevoir des bouquets de lumière. Une arcade, plein-cintre, de

20 mètres ou 62 pieds de hauteur, et au-dessus de laquelle deux anges soutiennent une table portant l'inscription GLORIA IN EXCELSIS DEO, forme l'entrée triomphale du sanctuaire. Cette arcade laisse apercevoir, s'étendant sur toute la largeur de l'église, moins les chapelles, un vaste hémicycle soutenu par quatorze colonnes ioniques, semblables à celles qui entourent la nef et les bas-côtés. Éclairé par un Jéhovah inscrit dans un triangle, d'où partent de nombreux rayons d'or parsemés de têtes d'anges, cet hémicycle, dont la voûte a 40 mètres ou 125 pieds de développement à sa base, et qui offre à la peinture monumentale un des plus heureux comme un des plus vastes emplacements, présente une disposition sans précédent. En effet, dans toutes les églises connues, l'abside n'est jamais plus large que la nef, tandis qu'ici elle occupe la largeur de la nef et des deux bas-côtés. Si, dans le premier cas, l'effet de la nef et de l'abside est toujours grand, en entrant dans le monument, plus on avance dans l'intérieur, plus cet effet s'amoindrit par la diminution de la nef et la largeur restreinte et toujours la même de l'abside; tandis qu'avec la disposition adoptée à Saint-Vincent-de-Paul, où le premier effet est non moins grand, celui de la diminution de la nef est progressivement remplacé par le plus grand développement de l'hémicycle. Vu sous la voûte contre les portes grillées du chevet de l'église, où rien n'empêche l'œil d'embrasser à la fois la perspective d'un des bas-côtés, celle de toute la nef, ainsi que le développement partiel de cette voûte, l'aspect est d'un effet aussi neuf que monumental.

Les stalles qui entourent circulairement le sanctuaire, dans la largeur de la nef, et qui, pour les sculptures en bois, sont du même dessin et d'une même richesse que celles du chœur, offrent également sur les panneaux extérieurs une suite de vingt images de saints et de saintes, exécutées avec beaucoup de soin par M. Derre.

Seize candélabres placés sur les pieds-droits des stalles, pour servir à un luminaire nécessaire, plusieurs portes à jour, et enfin le riche appui qui doit servir de table de communion, et qui est aussi accompagné de deux colonnes symboliques, complètent l'enceinte du sanctuaire.

Le maître-autel, élevé sur un double soubassement, présente de chaque côté trois colonnes et un pilastre, surmontés d'un arc et couronnés par un fronton triangulaire. Cet autel, destiné à recevoir, au centre, sculptés en ronde-bosse, mais provisoirement peints, le Christ sur la croix, la sainte Vierge et saint Jean, doit présenter aux yeux du chrétien le Calvaire transformé en un arc de triomphe. Les candélabres, auxquels sont suspendues des guirlandes entourant des patènes ornées de croix, qui décorent le soubassement; le bas-relief, qui représentera la Cène sur le devant d'autel définitif; les fûts des colonnes couverts de riches ornements, composés de séraphins, d'entrelacs de vignes et de gerbes de blé, de croix, de coquilles et de feuillages symboliques; les anges dans les écoinçons de l'arc, et portant des banderoles avec les mots : CONSUMMATUM EST ; le pélican nourrissant ses petits du sang qu'il fait couler de sa poitrine, décorant le fronton; la voûte de l'arc, ornée d'étoiles d'or sur des fonds d'azur; les anges priant, placés au-dessus des colonnes latérales et sur les deux piédestaux du soubassement, pour personnifier la prière, cette arme si puissante dans les combats du chrétien; tous ces emblèmes sont autant d'accessoires pour aider à exprimer cette idée que le maître-autel est ici la représentation du Calvaire, et le Calvaire, le triomphe du Christ. Les belles sculptures de cet autel et celle des anges, au-dessus de la grande arcade du sanctuaire, sont de M. Bosio neveu; les anges au-dessus des colonnes, de M. Chenillon; ceux des soubassements sont de M. Husson.

Vers le sanctuaire, là où la voûte de l'abside rencontre le mur qui la sépare de la nef et des bas-côtés, une large frise demi-circulaire se développe autour de l'archivolte du grand arc.

Elle est divisée en sept parties, au centre desquelles se trouvent sculptés, dans des médaillons de forme ronde, six anges planant chacun sur deux signes du zodiaque. Dans la partie du milieu, un septième ange pose la croix sur le globe terrestre, enveloppé d'azur et parsemé d'étoiles. Les palmes, les couronnes d'immortelles, les coquilles, les croix, les grappes de raisin, les gerbes de blé, les torsades de fleurs et de fruits qui réunissent ces médaillons entre eux, expriment, dans leur ensemble symbolique, la pensée que le temps, dans sa rapide course, doit être employé par les fidèles à mériter le bienfait du sacrifice de la croix, et à imiter les vertus enseignées par Jésus-Christ, pratiquées par les saints martyrs et prescrites par le dogme catholique.

La chapelle des mariages, placée au fond du sanctuaire, et dont le vitrail offre la brillante image de la Vierge et de l'enfant Jésus, est disposée pour y voir reproduits, peints sur murs, les épisodes les plus intéressants de la vie de sainte Marie. La voûte de cette chapelle est ornée de caissons octogones, carrés et triangulaires, qui forment, dans leurs combinaisons, de grandes étoiles et des croix. Ces caissons sont décorés de symboles rayonnants, tirés des litanies de la Vierge, ainsi que les inscriptions qui encadrent la voûte.

A droite et à gauche du sanctuaire sont les deux sacristies, et dans les angles du chevet, deux entrées particulières pour les desservants et les habitants les plus voisins de cette partie du monument. Les trois entrecolonnements par lesquels on communique, de chaque côté, avec ces entrées et les sacristies, sont clos au moyen de grilles à jour, dont les compartiments offrent, depuis les plinthes jusqu'aux chapiteaux des colonnes, un réseau de croix et d'étoiles d'une grande richesse de dessin, et au travers duquel la vue de l'église est des plus intéressantes.

Tout autour de la nef et de l'abside, se développe, au-dessus de l'ordre inférieur, une frise d'environ 3 mètres, ou 9 pieds de hauteur, et de 170 mètres, ou 530 pieds de longueur. Elle est destinée à recevoir une suite de sujets tirés des saintes Écritures, et dans lesquels saint Vincent de Paul puisa les sublimes exemples de sa charité. Le sujet des peintures de la grande voûte doit être l'apothéose du saint. Ces peintures, malheureusement retardées comme celles des chapelles, seront exécutées à la cire sur des fonds d'or ornemanisés.

Au-dessus de la grande frise, s'élève un second rang de colonnes d'ordre corinthien. Il forme, sur les deux côtés latéraux de la nef, des tribunes hautes, et, au-dessus de l'entrée, un bel emplacement pour l'orgue et l'orchestre.

Ces tribunes sont éclairées par huit grandes croisées, provisoirement peintes à l'essence, mais qui doivent, comme les croisées des chapelles, recevoir aussi de belles

Vue intérieure de Saint-Vincent-de-Paul.

peintures sur verre représentant de riches mosaïques transparentes, composées d'attributs religieux. La couleur d'or, nuancée de rouge, devant dominer dans les verrières définitives comme elle domine dans les vitraux provisoires et dans les autres vitraux des chapelles, l'effet des rayons lumineux répandus dans l'église est toujours et partout d'un ton doré, comme le produirait un soleil permanent. Ce ton sera nécessairement plus ou moins brillant, selon le plus ou moins de clarté du temps, mais il n'offrira jamais les différents effets que produit la lumière passant à travers des verres blancs, laquelle tantôt jaune, tantôt rouge, tantôt bleue, tantôt grise ou blanche, colore l'architecture et les peintures des édifices, selon que ces diverses nuances prédominent dans ses rayons.

Une deuxième frise de 2 mètres, ou 6 pieds de hauteur, qui surmonte le second ordre, est décorée d'une suite de médaillons, où sont représentés, au milieu et au-dessus de l'entrée du sanctuaire, saint Pierre, accompagné, à droite et à gauche, des douze premiers saints papes; puis de sept saints évêques de Paris, de sept saints évêques de France et de sept saints évêques de pays étrangers. Ces médaillons, entourés d'arabesques sur fond d'or, dans lesquelles se voient la croix, la palme et d'autres attributs religieux, sont réunis entre eux par des médaillons plus petits, où sont représentées des têtes d'anges. Tous ces médaillons, qui offrent, avec un beau caractère religieux, la plus heureuse harmonie dans leur ensemble, ont été peints : les cinq, au-dessus du grand arc, avec quatre en retour, par feu Perlet; les dix à gauche, à la suite, par M. Gleyre ; les dix en face, à droite, par M. Laure; puis encore neuf, à gauche vers l'entrée, par M. Quantin; neuf en face à droite, par M. Bouterweck ; puis enfin les cinq au-dessus de la tribune de l'orgue avec quatre en retour, par M. de Lestang-Parade. La préparation des murs, ainsi que la peinture des arabesques sur fond d'or, a été exécutée par M. Dussauce.

Le plafond de la nef, dont la hauteur approche de celle des voûtes de nos cathédrales gothiques, suit, dans sa forme, les deux rampants du comble. Les principales poutres étant apparentes, ainsi que les arbalétriers et les aiguilles pendantes, le plafond, en s'élevant à plus de vingt-huit mètres (environ quatre-vingt-dix pieds) au-dessus du sol, ajoute puissamment à la grandeur apparente de la nef. Il est divisé, sur chaque rampant, en douze compartiments richement décorés par des caissons en forme d'étoiles et de croix. On y voit la couleur du bois de sapin et celle d'incrustations en bois de chêne, rehaussées par des fonds d'azur et des fonds rouges, sur lesquels se détachent les ornements en or.

Ce genre de plafond offre avec l'apparence vraie du système de construction employé, la couverture le plus en usage dans les basiliques romaines, et même dans les cathédrales dites gothiques des XIIIe et XIVe siècles. C'est de l'analogie de sa forme avec celle de la carène d'un navire renversé que l'espace central des églises a pris le nom de nef ou grand vaisseau.

Les plafonds des bas-côtés et des tribunes hautes offrent, de colonne à colonne, de grands caissons octogones, dont les subdivisions présentent aussi des étoiles et des croix. Des palmes, des tiges de lis et des têtes d'anges, en or et en blanc sur des fonds d'azur, et des tons de bois semblables à ceux du grand plafond, s'harmonisent de couleur et de caractère avec celui-ci. La même chose existe pour les chapelles, où les rampants des plafonds sont aussi ornés de caissons octogones enrichis de têtes d'anges, d'étoiles et de croix. Accompagnés encore des mêmes tons de bois, ces plafonds s'accordent d'une manière non moins satisfaisante avec les autres plafonds, dont l'ensemble présente l'idée de magnifiques tentures couvrant tout l'édifice de leurs riches dessins et de leurs harmonieuses couleurs.

Sur le sol de l'église, à l'exception de celui des bas-côtés, plus particulièrement destiné à la circulation et qui est dallé en pierre, s'étendent de doubles parquets, dont les plus élevés sont composés de compartiments formés par des bois de différente nature. L'acajou, l'amarante et le chêne massifs y dessinent de nombreuses subdivisions, dans lesquelles se reproduisent des étoiles et des croix, des chiffres rayonnants, et d'autres ornements et attributs religieux. L'exemple de l'emploi de parquets dans des chapelles des plus anciennes églises de Paris, et la nécessité de se garantir du froid de la pierre et du marbre, au moyen de paillassons, ce qui, dans les temps de pluie, donne lieu à une grande malpropreté, ont fait préférer ce système. Établis avec soin et disposés avec goût, les parquets en bois peuvent se conserver aussi longtemps et produire un aussi bel effet que de beaux dallages.

C'est entre le cinquième entrecolonnement à droite, dans la nef, qu'est placée la chaire. Réduite aux justes proportions exigées par sa destination, elle est conçue comme un meuble dont l'importance, sous le rapport de la grandeur, ne doit pas nuire à l'objet principal, qui est le prédicateur; mais, au contraire, laisser dominer celui-ci. La forme de la chaire est circulaire et pour l'appui ou la tribune, et pour le fond, et pour l'abat-son, comme étant la plus commode et la plus convenable à la répercussion de la voix. Un escalier droit y conduit par les chapelles des bas-côtés, et dispense le prédicateur du désagrément de traverser la foule rassemblée dans la nef. La principale décoration de cette chaire se compose de deux anges debout et de cinq bas-reliefs, dus au talent religieux de M. Duseigneur. Trois de ces bas-reliefs représentent la Charité, la Foi et l'Espérance; et deux, l'un saint Jean annonçant la venue de Jésus-Christ, et l'autre Jésus-Christ prêchant la parole de Dieu.

Le banc-d'œuvre, élevé en face de la chaire, présente, dans son motif de décoration, la reproduction modifiée du maître-autel. La, comme ici, c'est le Calvaire, sous la forme emblématique d'une arcade triomphale. Il est, comme le maître-autel, accompagné d'anges en prière, sculptés par M. Vénot.

Les fonts baptismaux sont placés dans la chapelle du Baptême, située à droite, en entrant.

Leur forme est celle d'une riche coupe, ornée de coquilles, de croix et de plantes aquatiques; entourée et accompagnée de guirlandes et de festons de fleurs et de fruits. L'inscription : *Quemadmodum desiderat cervus ad fontem aquarum, ita desiderat anima mea ad te, Deus,* sculptée sur la circonférence de cette coupe, a motivé l'introduction des cerfs au bas du pied. Le couvercle est divisé en quatre parties ouvrantes, qui sont séparées entre elles par des consoles servant d'appui à une boule sur laquelle est placée la figure de saint Jean-Baptiste. Cette figure est de M. Caunois. Ces fonts baptismaux sont une des productions les plus remarquables des ateliers de fonderie de M. Calla, d'où sont sorties

aussi toutes les autres fontes de l'intérieur de l'église, telles que les bénitiers, les grilles, les colonnes, les candélabres, et, enfin, la porte principale.

Baptistère.

On voit que, dans l'ensemble de ce monument, le principal but a été de satisfaire avant tout à sa destination, en le rendant aussi convenable que commode pour le culte, et de le disposer en même temps pour qu'il offrît à l'état des arts de notre époque, le moyen d'y être appliqués le plus avantageusement possible.

Bénitier.

Bénitier.

En effet, la disposition saillante du porche d'entrée pour pouvoir servir d'un véritable abri; la présence de cinq portes pour faciliter les entrées et les sorties; la situation avantageuse des sacristies; la libre circulation autour de la nef, du chœur et du sanctuaire; l'emplacement favorable qu'offrent les tribunes hautes pour recevoir un plus grand nombre de fidèles aux jours des grandes solennités, comme pour y donner séparément, aux enfandes deux sexes, les instructions du catéchisme, et pour l'établissement d'un buffet d'orgues avec orchestre; l'arrivée aux sacristies sans traverser l'église proprement dite; les localités réservées pour une chapelle destinée à la célébration des mariages mixtes; pour le recueillement du prédicateur, la réunion du conseil de fabrique, le logement du sacristain, pour le dépôt de tous les objets nécessaires aux cérémonies du culte, etc., ne peuvent rien laisser à désirer sous le rapport de la convenance et de la commodité.

Il en est ainsi de l'application des arts contemporains, qui y ont tous des places désignées pour pouvoir concourir à rendre digne de sa destination ce lieu consacré à la Divinité. La peinture et la sculpture, adaptées comme inhérentes à l'architecture, s'y trouvent en effet appliquées dans tous les genres, avec la plupart des belles inventions artistiques de notre époque. A côté de bas-reliefs et de statues isolées, d'autres, placées dans des niches et disposées par groupes dans le fronton, ont offert et offrent encore aux statuaires les effets les plus variés; tandis que les peintres auront eu et auront encore à y appliquer leur talent aux peintures à la cire, sur verre et sur lave émaillée. Aussi, de même que les emplacements destinés aux œuvres des peintres et des statuaires sont disposés, vus et éclairés de la manière la plus avantageuse pour rendre possible la création d'ouvrages d'art les plus remarquables; de même les lignes principales comme leurs proportions et leurs combinaisons d'effets perspectifs, le sont pour offrir, avec les formes les plus pures des éléments rationnels de l'architecture grecque, les grands effets qui frappent dans les basiliques d'architecture ogivale.

L'église Saint-Vincent-de-Paul, tout en rappelant à l'extérieur la masse la plus généralement consacrée aux églises catholiques, dont la façade est presque toujours accompagnée de deux tours ou clochers, réunit un porche couronné du fronton triangulaire et surmonté de la croix; mais ce porche, supporté par douze colonnes, représentation symbolique des apôtres, comme les véritables soutiens du vestibule du temple de Dieu, *ce paradis terrestre, qu'il faut traverser pour arriver à la conquête du paradis céleste*, n'y est pas accolé comme un fragment de temple antique. Il se lie complétement à l'ensemble du monument; il y est employé comme une noble conquête de l'art moderne sur l'art des

Hellènes, et de la religion chrétienne sur le paganisme. Ce porche, rendu surtout propre au recueillement par les peintures qui doivent en couvrir les murs, offre, en effet, la disposition la plus belle des temples anciens adaptée à une église catholique, pour y servir de lieu propre à y secouer la pluie et la poussière, et se préparer à passer dignement le seuil du sanctuaire.

Les ornements de toute l'église n'étant composés que d'attributs religieux, tels que la vigne, les gerbes de blé, les olives, les lis, les croix, les étoiles, les palmes, les couronnes et les guirlandes d'immortelles, de fleurs et de fruits, les têtes d'anges, les coquilles, et autres symboles appartenant au culte catholique, leur emploi, en se combinant avec les grandes lignes architectoniques données par la distribution du monument et par sa forme extérieure, a imprimé à cet édifice une grande unité de style et un caractère éminemment religieux.

C'est ainsi qu'au dehors, la grandeur et la diversité des masses ; la richesse des ornements des cymaises supérieures, qui se découpent en nombreuses ondulations sur le ciel ; la surélévation des clochers et leur saillie sur la terrasse, comme la forte projection en avant-corps du porche ; enfin la retraite de l'étage des tribunes sur celui des chapelles, ont été autant de moyens de produire des effets différents, sans qu'il résulte de leur variété la moindre confusion et la moindre infraction à la raison et à la convenance. Ce résultat et celui qui fait que ce monument, semblant déjà plus grand à l'extérieur qu'il ne l'est réellement, le paraît plus encore dans l'intérieur, doivent être surtout attribués à ce que rien, dans sa construction, n'est caché par aucune décoration postiche. Il n'y a, en effet, presque partout, que l'épaisseur des murs et celle des couvertures qui séparent les contours du dehors de ceux du dedans de l'édifice. Ce parti pris a eu aussi son heureuse influence sur les façades latérales et postérieure, qui, tout en se liant intimement à la façade principale, offrent également, quoique sous d'autres aspects, des masses et des détails non moins intéressants.

En résumé, et en s'associant à la pensée qui a présidé à la conception de l'édifice, on voit que le but principal a été atteint. L'église Saint-Vincent-de-Paul contient, en effet, toutes les commodités désirables; son aspect est imposant et grand, son caractère éminemment religieux; car aucun détail ne peut laisser d'équivoque sur sa destination religieuse. Tous les arts y ont été appliqués avec le degré de perfection auquel ils sont arrivés à notre époque. Il y domine une grande unité dans l'ensemble, qui est le cachet de l'individualité artistique. Jusque dans les parties les plus conventionnelles, comme les profils des moulures et leurs ornements, que ceux-ci fussent rigoureusement architectoniques ou librement puisés dans les produits de la nature et empreints d'un caractère emblématique, tous ont été créés en vue de la destination du monument, de la localité qu'ils devaient occuper, des matériaux qui y étaient employés et de la couleur ou de la dorure qui devaient les couvrir. Ainsi des chapiteaux qui, tout en conservant les formes caractéristiques des ordres d'architecture auxquels ils appartiennent, n'offrent dans leurs profils, leurs volutes, leurs feuilles et leurs autres principaux ornements, non-seulement aucune copie servile des chapiteaux préexistants, mais sont d'une composition tellement spéciale, que leur reproduction motivée ne pourrait se faire qu'à des églises chrétiennes.

Enfin, ce monument, tout en rappelant les beaux types de l'architecture antique et des primitives époques du christianisme, n'offre d'imitation que dans l'application des principes qui présidèrent à la conception des beaux monuments de la Grèce et de Rome. On n'y trouve aucun emprunt direct, aucune de ces contrefaçons d'anciens fragments dont l'emploi, dans d'autres circonstances, sera toujours opposé à ces mêmes principes, qui veulent qu'en architecture le vrai et le convenable puissent seuls produire le beau.

C'est aux frais de la ville de Paris qu'a été élevée l'église Saint-Vincent-de-Paul, qui aura été vingt ans à bâtir. C'est surtout au magistrat éclairé, M. le comte de Rambuteau, et au concours si digne d'éloges du conseil municipal, qui, guidés sans doute par l'exemple du royal fondateur des galeries de Versailles, ont compris l'heureuse influence de l'application de tous les beaux-arts aux édifices publics, que les habitants de la capitale doivent de pouvoir ajouter ce nouveau et bel ornement de leur cité à tant d'autres dont elle a déjà été dotée.

Entièrement construite en pierre de taille, l'église Saint-Vincent-de-Paul coûtera environ 3,900,000 francs; plus, la dépense pour la construction des rampes et de leurs escaliers, qui s'élève à environ 240,000 francs.

Ce monument, qui prendra rang parmi les plus importants et les plus intéressants de notre époque, a été exécuté, dans son ensemble comme dans tous ses détails, d'après les projets et sous la direction de MM. Le Père et Hittorff, architectes du gouvernement et de la ville de Paris.

La mort qui vient d'enlever M. Le Père, à l'âge de quatre-vingt-deux ans, trois mois avant l'ouverture de l'église, laissera à jamais le cruel regret que ce vénérable artiste n'ait pu assister à cette solennité.

Aux noms des artistes cités dans cette description, il est juste de joindre : pour l'exécution de tous les modèles des sculptures en pierre, M. Marneuf, et des modèles pour toutes les fontes, M. Combettes; puis, pour les sculptures d'ornements, toutes en pierre ou en bois, MM. Aubin, Badou, Caudron, Chabraux, Delafontaine, Derre, Deschamps, Dubois, Falconnier, Hardouin, Lemaître, Lequien, Marga, Pommateau, Romagnési jeune et Rouvillain; pour la maçonnerie de toute l'église, M. Saigne, et pour celle de la grande rampe, M. Peaucellier fils; pour la charpente, M. Duprez; pour la serrurerie, M. Bleuze; pour la couverture, M. Turenne; pour l'exécution des belles menuiseries des plafonds, M. Thuilot; du maître-autel, des stalles et parquets du chœur et du sanctuaire, de la chaire, du banc d'œuvre et des portes, M. Poncet; des autels, confessionnaux, et des parquets des chapelles, M. Petit; pour les sacristies et le parquet de la nef, M. Potonié; pour les peintures et dorures, M. Battu; et enfin, pour le poli des colonnes et des murs avec l'application du beau procédé de M. Ciceri, M. Selvéger.

PARIS. — TYP. LACRAMPE ET COMP., RUE DAMIETTE, 2.

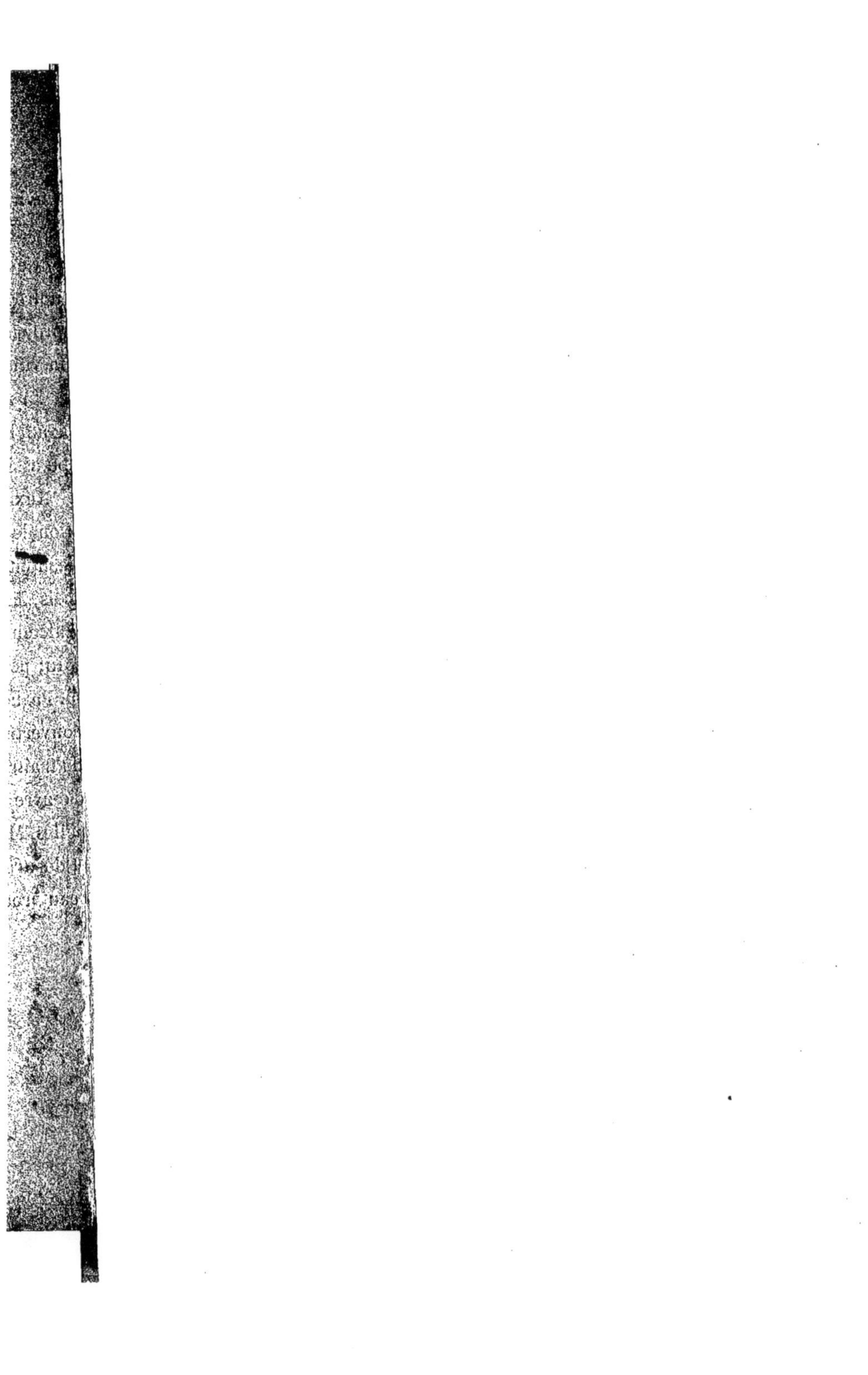

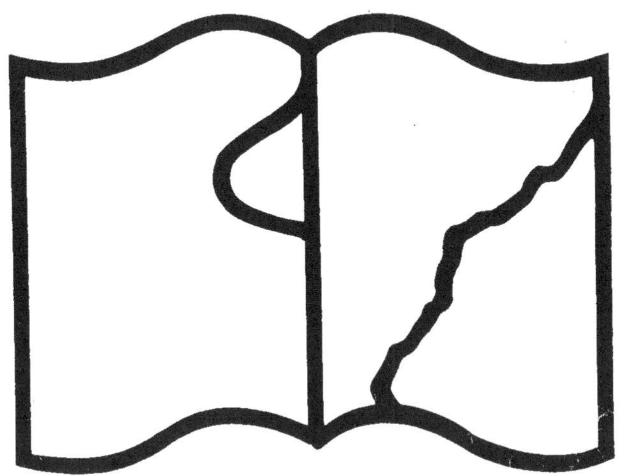

Texte détérioré — reliure défectueuse

NF Z 43-120-11

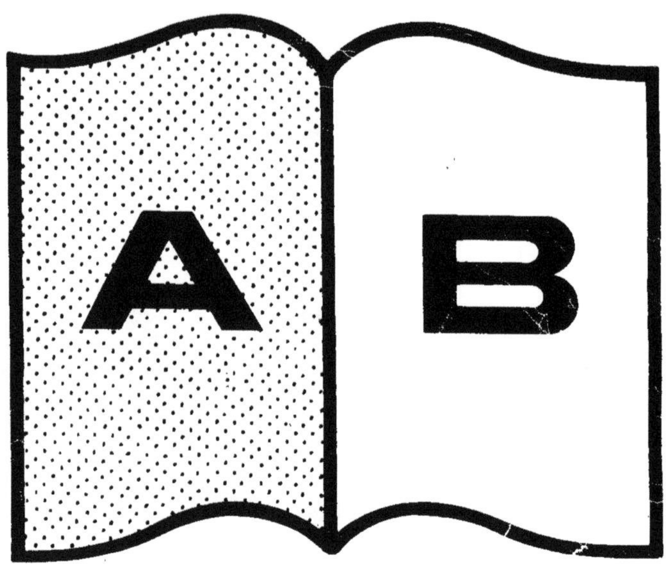

Contraste insuffisant

NF Z 43-120-14

www.ingramcontent.com/pod-product-compliance
Ingram Content Group UK Ltd.
Pitfield, Milton Keynes, MK11 3LW, UK
UKHW021204230726
13926UKWH00001B/308

9 782014 444643